ROBERT

MAXIMILIAM

POEMARIO

A TRAVÉS
DEL
CRISTAL
DE MIS OJOS

Robert MAXIMILIAM

2019

Edición PAPEL 2019

Poemario

«A TRAVÉS DEL CRISTAL DE MIS OJOS»

ISBN 978-1-988475-70-7

© Copyright, 2019

Editada bajo el sello de EDITIONS ROMAX

«Nadie, te puede ver cómo te miro, cómo te observo, cómo admiro la exquisitez de tu belleza. A través del cristal de mis ojos, tú te vuelves primavera en el recital de mi corazón, una canción haciéndose eco en la melodía de mis fantasías. En el día a día, eres melodía de mí contemplar. Por eso, miro, callo y respiro para anidar en mi alma la grandeza de tu existir»

ROBERT MAXIMILIAM.

A Traves Del Cristal De Mis Ojos

1- CONTANDO LOS MINUTOS

Sonrío y me escapo a través del tiempo,

No es lamento, sino un deseo ardiendo;

De querer tenerte cerca,

De amarte y sentirte fresca;

De robarte un silencio vago,

De ser esclavo y ser amado.

Sonrió y me vuelvo fuego,

Quisiera alcanzarte y enamorarte el ego;

Y, en una pausa, besarte... besarte largo.

Cuento los minutos

Como gotas deslizándose en el viento,

Como hojas cayendo en silencio;

Como burbujas saliendo de mis adentros,

Como eco de mis sentimientos.

Y me siento al borde de un momento,

Como, esperando llegar un cuento,

Cosiendo atajos en mi pensamiento,

Atreviéndome a montar siluetas sin firmamento.

Atajo la intención de escapar,

Reduzco la melancolía de mi soñar;

Condeno la razón de una decepción,

Y florezco sembrando pétalos en forma de corazón.

Y sigo contando los minutos

Como un mendigo callando su necesidad,

Como un enamorado sin libertad,

Como un mago a quien se le escaparon los trucos.

Y me quedo mirando a través del cristal.

2- MOJADO

Mojado

con los sueños retozando en mi almohada,

Callado

magullando mis besos en el dulce de tu boca;

Pensativo

recorriendo la escalera de tu cuerpo endiosado,

Perdido

en la montaña de tu vientre y tu deseo, enmelado.

Me encuentro inmerso

En la locura del verso

Que provoca el elixir de tu existir;

Mordido en la rabia

Que me limita a conquistar

El eco de tu corazón.

Me doy completo

A lo inquieto

De un soneto

Que habla de ti al amanecer;

Y al abrir mis ojos al viento

Siento enloquecer

En mis sentimientos

Y en mi querer.

Por eso... Me quedo

En lo que espero

Un día, llegase a ser,

Un beso sin firmamento.

3- CORAZON INQUIETO

Está intranquilo,

Casi no puede sosegar su ansiedad,

Busca, afanoso, una claridad

Para su oscuridad.

Su alma en vilo

Se conduce por la ansiedad

De una, temeraria, caridad.

Mi corazón inquieto

Vuela tambaleante como mariposa enamorada,

Como amada dando vueltas en su almohada,

Boleto hesitando parado en la entrada.

Y en lo inmenso,

Suspiro atento

Queriendo alcanzar los ojos de mi amada,

Bella estrella dorada

Que brilla en la claridad de mi alborada.

Y rezo

Mi plegaria más amada,

Y beso

El deseo de mi cama;

Y llamo

Al silencio en tu nombre,

Y clamo

Que te amo en lo pobre.

Callo

Esperando que recibas mi pensamiento,

Suspiro suplicante por las calles,

Me cobijo, cálidamente, con tu recuerdo en mi talle

Y me avoco a lo mucho que siento.

Sonrío

Queriendo dar valor al vacío,

Fuerza a la confianza,

Y claridad a la fe de una añoranza.

Inquieto

Mi bendición continúa sin asueto,

Sin pausa ni amuleto;

Sigue pendiente de tu beso.

4- EN LA VISPERA DE TU LLEGADA

Me preparo en lo que calla,

En lo que moja mis recuerdos.

Me dejo inundar por el deseo

De tenerte a mi lado

Y poder, al fin, acariciar lo que he soñado,

En tantas noches de vino añejado.

En la víspera de tu llegada

Pongo quieta mi almohada,

Los antojos de mis manos

Y mi imaginación sin amaños.

Me dispongo a limpiar mi alacena,

El rincón de mi pasado;

Sacar lo sucio que en mi pena,

Lo que se amarra a un legado.

Quiero ofrecerte algo nuevo,

Algo diferente.

Quiero que, te sientas, presente

Y actual en mi nido.

Y al llegar,

Abriré los brazos a tu hermosura,

Me ceñiré a tu cintura

Y en la locura de amar

Te diré: «Te he esperado».

Te daré un beso,

Te miraré de frente y profundo;

Te abrasaré sin miedo

Y me dejaré caer en tu mundo.

Y mientras espero...

Veré gotear el tiempo y su paciencia,

Pasar la ansiedad del viento y su ignorancia;

Callar mi deseo y lo que quiero.

5- DESPUÉS DE LO DE ANOCHE

¡Cómo olvidar un bello recuerdo!

¡Cómo callar lo que se ha vivido!

¡Cómo engañar las huellas en tu cuerpo!

¡Cómo perderte si ya lo has conocido!

¡Cómo decir no a un verso clavado en lo que es nuevo!

Después de lo de anoche, mi amor.

Me he quedado en el limbo,

Vagando en lo lindo,

Soñando en color.

Repaso, una y otra vez,

La película de un romance prohibido;

La introducción de un beso inhibido,

La melodía de una caricia sin timidez.

Me vuelvo adicto

De tu cuerpo desnudo,

Marco el arco

De tu silueta en lo mudo

De mi gozar, callado.

Delineo el caminar sedoso

Que hace un reflejo de tu reboso;

Inclino mi mirar, a lo caprichoso,

de tu desear en mi pecho.

Y luego, me quedo,

Atrapado, en lo dichoso, de un recuerdo;

Comiendo las migas de tu mirar inquieto;

Meditando tus suspiros, amándote en el olvido,

Ansiando volver a vivir, lo que he amado.

6- ESPERA

Yo sé que ya está decidido,

Yo sé que te he hecho mal;

No sé sí, soy ya olvido;

No sé sí, aún, tengo perdón.

¡Espera!

Escucha mis explicaciones,

No me juzgues sin saber mi verdad.

¡Espera!

Lo único que te pido, es esperar.

Nuestro amor merece eso y algo más.

Yo sé, todo es mi condena;

todo apunta a mi culpabilidad.

Tal vez, todo sea una cadena

Que al final, sólo, romperá la verdad.

¡Espera!

Te lo pido de rodillas,

Otro día, quizás, no se podrá.

¡Espera!

No des por hecho lo que digan,

La gente suele inventar para lastimar.

¡Espera!

Por favor, espera.

Yo te juro que no te arrepentirás;

Hay amor en nuestra alma

Y el deseo, aún, quiere navegar.

¡Espera!

No me des por perdido,

Dame la esperanza de luchar,

La oportunidad de demostrar

Que nuestro amor puede triunfar.

7- UN ABRAZO

Cierra los ojos,

piensa en mi sonrisa;

mírame de frente,

regálame una sonrisa

y ven a mí.

Abro mis brazos,

te metes en mi pecho,

te cierro como un lazo,

te acojo en mi lecho.

Cierras los ojos

y sientes palpitar tu corazón.

Vuelas sin razón,

Atrapas una canción.

Te beso suave la mejilla,

Te digo que eres mía;

Murmuras ¡mi amor!

Te ofrezco mi corazón.

8- CADA MAÑANA

Como cada mañana,

quiero ver tus ojos brillar de alegría,

compartir con el día

la belleza de sentirte viva.

Como cada mañana,

Quiero ver tu rostro iluminar el alrededor,

Sembrar amor

Con cada gesto de tu corazón.

Como cada mañana,

Quiero sentir tu corazón volar,

Soñar, de pie,

Cantar sin más.

Como cada mañana,

Quiero descubrirte bella,

Eternamente, bella

Y pensar que me amas, sólo a mí.

Como cada mañana,

Quiero observar las aves de tus manos cantar,

El beso de tu cuerpo sedar,

El arco iris de tu cuerpo temblar.

Como cada mañana,

Quiero enmudecer amándote despacio,

Recorriéndote sin miedo,

Perdiéndome en tu delirio.

Como cada mañana,

Quiero sentarme a tu lado y callar;

Sonreírte y escapar;

Tocarte y estar en paz.

9- ¿Y SI TU NO EXISTES?

¿Y si tú no estás?

¡Qué voy a pensar!

¡Cómo voy a vivir!

¡Quién me va a acompañar!

Lejos de ti me encontraré solo,

Melancólico, perdido, un poco loco,

Casi un trapo, callado, en el olvido.

Sin ti me veo triste,

Lejos de lo que conociste,

Ni lo que viste;

Estaré matando el tiempo sin chiste.

Dirán que no soy nada,

Que me falta algo en la mirada,

Que me han robado el alma,

Que soy la sombra de una pena,

Y un eco de mi almohada.

Caminaré a paso lento,

Sin mucho sentimiento,

Con aburrimiento,

Dejándome guiar por el viento

Y sollozando mi lamento.

¡Si tú no estás!

¿A dónde iré a parar?

¿En quién podré confiar?

¿A quién daré mi amor?

¿Cómo voy a existir?

10- ENTRE RECUERDOS

Amanecí entre recuerdos

Y besos dorados,

Entre sonrisas

Y pétalos enmelados;

Entre caricias

Y huellas mojadas;

Entre rosas

Y lirios amados.

Me acosté en lo plácido

De unos inimaginables momentos,

En lo eterno

De un pedacito del tiempo,

En lo callado

De un delirio, enamorado,

En lo presente

De un cuento ilusionado.

Volé en la cúspide

De una montaña rusa,

En la medusa

De lo que mi alma pide;

En lo que impide

Poner una excusa.

Desperté llorando de alegría,

Musitando versos nuevos,

Aclamando otra oportunidad en la vida,

Orando por besos ciegos.

Abrí mis ojos, de luna tierna,

Miré, al silencio, de una ventana;

Pensé bajito una luciérnaga,

Corté, un tantito, la imprudencia de una cana.

Quedé satisfecho

Del, hecho, de haberte conocido,

Y en lo descosido

De un mendigo, te amé perdido.

11- LA MUSA DE MIS SUEÑOS

Bella dama enamorada

Que en mi cama eres preciada,

Dulce melodía de mi madrugada,

Canto de seda, baño de alborada.

Bella estrella silenciosa,

De mis manos, primorosa;

Hermosa rosa

Del jardín de mis mariposas.

Musa de mis sueños vagabundos,

De mi mundo sin dueño,

Del umbral de mi empeño,

De un pequeño sin su musa.

Ilusa magia de mis manos,

En vano promulgo que te amo,

Cuando te escapas del verano

Que calienta mis llanos.

Musa de mis noches engalanadas,

Hada de mis posadas,

Duende de mi almohada,

Bella amada, sin decir nada.

Fuente de agua divina,

Luz del farol de mi esquina,

Lucero colgando en mi cortina,

Color de la patena de mi vida.

Tú que eres sagrada,

Que engalanas mi almohada;

A ti, el canto de mi llanto,

La alegoría de mi encanto.

12- AMANECI QUERIENDOTE

En lo tenue de tu mirada

Cabalgaba un lucero un día,

Amanecía

Y en la cintura se dibujaba

Lo que yo más deseaba:

Ser tu compañía.

Quería ofrecerte un beso

para brindar por eso

que provocas en mi alma,

la verdad que se vuelve llama,

el deseo de verte amanecer

acostadita de mi cama.

Abracé de pronto

La nostalgia de un recuerdo

Y como un trompo

Dio vueltas y vueltas en mi universo

Para componer la sinfonía

Que atraviesa el esfuerzo

De una cacofonía.

Enmudeció mi espíritu de un anhelo,

Extendió sus manos mi deseo;

Fui presa del peso que arrastra mi pelo

Cobijado en el lecho de tus pechos.

13- HOY POR LA TARDE

Cuando llegue la tarde,

me pintaré de horizonte

para que tus ojos de gitana

me seduzcan las ganas;

ganas de tenerte,

de besarte,

de amarte

y de hacerte mía... en la cama.

Hoy por la tarde,

Me emplumaré de locura,

Me embadurnaré de tu cintura

Y colgaré mis hábitos en mi poniente.

Diré de repente,

que tú eres mi pendiente;

ese presente

que se vuelve continente.

Dedicaré un lucero,

Escribiré «te quiero»;

Saldré a volar

Y me robaré tu cantar.

Cuando llegué la tarde

Mi corazón estará que arde,

Mis manos vestidas de rosas

Y mi cuerpo, ceñido, a tu prosa.

Inventaré un verso,

Algo sutil y terso;

Querido y vigoroso,

Vulgar y cariñoso.

Seré un ocaso, enamorado,

Una rayita pintando el borde de un beso;

Un cerezo musitando callado

Locuras que lleva dentro.

Un silencio brotará de tu lado,

Un deseo gritará «te amo»,

Una aventura nacerá sin miedo

Y tú y yo, estaremos atados.

14- ENTRE GOTAS Y RECUERDOS

Entre gotas de lluvia

y recuerdos de sábanas blancas,

me armaré de orgullo

para alcanzar tu mirada;

vestirla de hada

e invitarla a volar de madrugada.

Miraré a través de mi ventana

Sudando, recuerdos, en vano;

Calentando, murmuros, sin llano;

Muriendo, de orgullo, en mi cama.

Sacaré mis dudas a remojar,

Empapándolas de besos, a media luz;

Las vestiré sin exagerar

Y le cantaré poemas en libertad.

Me acurrucaré sobre mi lecho

Y en un pequeño trecho

Construiré palomitas al azar;

Lanzaré mi mirada al vacío,

Le pondré en su cuello a un grillo

Y escucharé sin hablar.

Veré caer la lluvia afuera,

Imaginaré tu rostro mirándome,

Sonreirás de buena gana

Y me harás sonreír queriéndote.

Sentiré el frío del agua al caer,

Te pensaré pensativa en la distancia,

Serás la fragancia,

El aroma en mi amanecer.

Callaré, complacido, contigo,

Abrazaré el eco de tu abrigo,

Me perderé en lo callado de un olvido

Y amaneceré,

promulgando tu nombre, sin ningún motivo.

15- SOBRE LA CAMA

Tendida

como una muñeca de seda,

Acostada

cual guitarra enamorada;

pensativa

musitando versos mojados,

perdida

buscando palmas en los tejados.

Se dejaba tocar con la mirada,

Acariciar por la luz

que entraba por la ventana;

Se movía entre las sábanas y la cama;

Murmuraba canciones

en cada palmo de su timidez.

Se deslizaba el viento por sus curvas,

Se dibujaba en el silencio una locura;

Se perpetuaba un deseo en una burla,

Se pedía permiso de besar una aventura.

Cabalgaba

De pies a cabeza un amante errante,

Predecía

Una orgía la mulata de un viajante,

Se ofrecía

Como dama de compañía, una dulce melodía,

Se llenaba

El vacío de un aroma que predicaba un alarido.

La observaba

Imaginando cada milímetro de su tez,

Callaba

Admirando la belleza de su desnudez,

Meditaba

El orgullo de sentir su cuerpo de mujer,

Oraba

Agradeciendo el placer de sentirme a sus pies.

16-AL ESTAR DORMIDA

Parecía sonreír en lo callado,

Su respirar se pintaba en el vacío,

La tranquilidad murmuraba un deseo

Y su boca apalabraba un quejido.

Dormía,

En sus sueños se dibujaba un beso;

Se perdía,

Una historia nacía, en la melancolía;

Deseaba,

Que la noche nunca llegara, a un receso;

Pedía,

Que mis manos fueran de mezclilla.

Le observaba,

Despierto a su lado, como un delincuente;

Buscaba,

Atravesar mi barca por su puente;

Quería,

Conquistar su cuerpo mientras dormía;

Rogaba,

Al tiempo parar el momento en su compañía.

Me gustaba,

Ver como se extendía su cuerpo de diosa;

Acariciaba,

En lo callado, sus curvas en prosa;

Bajaba y subía,

Entre sus llanos y montañas, silencioso;

Me perdía,

Balbuceando un deseo que rozaba su seno.

Estaba callada, mirando el cielo,

Respiraba vida en lo amado,

Mataba el tiempo con su cuerpo,

Me ataba de día y yo, aceptaba.

17- MIENTRAS JUGABAN

Sonreían de buena gana,

Saltaban como grillos encadenados,

Corrían por todos los lados,

Gritaban sin ninguna pena.

Jugaban alegres y contentos,

Se golpeaban y lloraban

Pero después de un momento

Volvían a ser los mismos que cantaban.

Son pequeños en estatura,

Son grandes en sus aventuras;

Son creativos en lo poco

E inventivos como un loco.

Están, llenos de energía,

Desborda, por su cuerpo, la frescura;

Son fuentes de amor y vida,

Son, un regalo que se nos dio un día.

Llenan el vacío donde no hay tiempo,

Son, fuerza viva, en lo desconocido,

Motivo de orgullo en el sentimiento,

Lágrima sentida en la agonía de lo perdido.

Son, la bandera de mi casa,

Mi preocupación de cada día,

El verso de lo que me pasa,

Mi historia en mi melancolía.

18-EL ABUELO

Sus manos temblorosas

Se aferran al bastón de madera,

Apenas veía las rosas

Pero sabía de su olor en la maleza.

Sus pasos pesados

Marcaban, aún, el tiempo,

Su cuerpo curvado

Se balanceaba con el viento.

Su piel arrugada

Mostraba con orgullo su casta,

Su frente despoblada

Callaba su resonancia.

Su pelo blanco

Matizaba con la luna,

Y sus pies de niño de cuna

Armonizaba con lo santo.

Se inventaba cuentos

Que sólo él conocía,

Volaba libre por senderos

Recorridos en su vida.

Se dejaba querer

Por cuanta historia escrita,

Y exigía un deber

De aquellos de lengua maldita.

Pegaba duro

A la vida y su legado;

Pensaba con muros

Para proteger su pasado.

Creía, firme,

En el amor de los suyos,

Tenía la estirpe

De un hombre de orgullo.

19- LA ESPERANZA

Me mantiene la esperanza

de poder alcanzar un día

la melodía que hace ruborizar

tu piel.

Gozo, en pensar,

Que a través del tiempo de amar

Pueda pintar tus ojos

Con la miel de mi corazón.

Al ver el horizonte cercano

Se acrecienta la tormenta

Que tengo en mi mano

Para querer tocarte con la menta

Del delirio de mis dedos.

Son grandes deseos

Los que posee mi cuerpo

Encuadernados en un beso

Que brotan del cerezo,

Donde hace nido, el «te quiero».

Y en la alabanza

Que nace del florecer de mi cuarto,

Me desinhibo de la pureza

Que vuela en mi cabeza

Para tocar el cielo

De tu pelo

En el melodrama de mi endereza.

Y espero sosegado

Desplumando el legado

Que tu beso me ha dejado,

Paso contando el cuento

Que el transcurso del tiempo

Musito en silencio

Para mostrarme el verso

De tu lienzo.

Y quedo con la esperanza, a cuesta,

Poniendo todo sobre la apuesta

Que te veré a la puerta

De un amanecer, sin ayer.

20-EN LA PUERTA DE LA CASA

Como todas las tardes,

Salía a la puerta de su casa,

Tenía en su mano una taza

Y miraba, sin poner palabras.

Agarraba su silla,

La ponía en el andén,

Veía pasar,

El vaivén,

De la gente del lugar.

Fumaba un cigarrillo,

Bebía un sorbo de café;

Dejaba escapar el grillo

Y murmuraba un «tal vez».

Los transeúntes le saludaban,

Sonreían de buena gana;

A veces, se quedaban

Y, conversaban, de alguna campana.

Un perro se acomodaba a sus pies,

Ladraba por oleadas,

Más descansaba en su vejez

Y presumía de altivez.

El hombre se perdía

En lo que parecía

Una herejía de juventud,

Sonreía al recordar

Y su rostro florecía

Al desafiar el tiempo y su cantar.

Llegaba la noche, sin preguntar;

Él cogía su silla y su taza de café, vacía;

Su perro, le seguía, sin musitar;

Ambos volvían, disfrutaban de su compañía.

DESCRIPCION DEL POETA

Poeta originario del «Pulgarcito de América», amante del silencio, de la prosa y de su pueblo. Admirador secreto del volar de las aves, del canto del grillo y del brillar de las estrellas. Amigo de la playa, del volcán y de las montañas; fiel compañero del viento, del atardecer al pie de la playa y del tiempo musitando bajo las lluvias del campo.

Enamorado de la vida, profeta del silencio, carismático de la palabra, emblemático del verso y encantador de la tarde. Místico de la prosa, escondida, bajo el susurro del tiempo, lírico de las rosas que cultiva su sentimiento, amante de la historia que se desnuda en la esquina de un beso. Travieso soñador en noches, encendidas, bajo el crepúsculo, indiscreto, de un soneto buscando mares para su barca sin dueto.

Oriundo del occidente, ahí donde el Izalco se vuelve duende; donde «El Imposible» se vuelve posible; donde «Chasca» es la reina del agua y donde el guanaco encontró su enagua.

ROBERT MAXIMILIAM

OTROS POEMARIOS

www.ingramcontent.com/pod-product-compliance
Lightning Source LLC
Chambersburg PA
CBHW020606130626
46552CB00007B/3074